W0395899

Hartmut König

Ein bildhübscher Schneider in Crossen

Limericks aus tausendundeiner Sitzung

verlag am park

Vorwort

Ich wusste es. Du weißt es auch.
Sitzungen können tödlich langweilen!
Aber Gehen geht nicht.
Einschlafen darfst du auch nicht.
Du musst Notizen simulieren.
Dein beleidigter Geist kriegt Hunger.
Was tun?
Schreib Limericks!
In ihrem strengen Versmaß die bizarrsten Gags zu zünden, erfordert ein Maximum an fröhlicher Konzentration. Diese kann man natürlich auf deiner Stirn lesen. Und was dir zum Genuss wird, missdeutet die Sitzungsgemeinde als Versenkung in ihre bleiernen Items. Eine Win-Win-Situation.
So viele Zettel.
Nach Jahren wirft man die einen in den Papierkorb, die anderen vielleicht zwischen zwei Buchdeckel.

Entree

Der Limerick

Fünf Zeilen erfordern mit Strenge
Der Geschichte kürzeste Länge.
    Hat das Wort festen Sitz,
    Schießt es Pfeile mit Witz.
Wenn das nur öfter den Rednern gelänge!

Verwettet

Chefs verwetten in rhetorischer Eile
Kopf und andere Körperteile.
        Ging es nach ihrer Lippe,
        Wär'n sie längst ein Gerippe.
Unsre Sitzungen gehn eine Weile.

Kichernde Sterne

Der Limerick, der lebt, hebt ganz gerne
Seinen Versfuß an deiner Laterne.
        Bruder, wenn dir das stinkt,
        Schau nach oben. Da blinkt
Amüsiert ein Meer kichernder Sterne.

Menschen

Mauser

Ein Mädchen verlor sein Gefieder
Am Mittwoch im erstbesten Flieder.
        Es erwachte, erschrak.
        Doch am Donnerstag
Fehlte ihm sein Gefieder schon wieder.

Im Wind von Arkona

Stand das späte Mädchen Ramona
In der Grätsche zum Wind von Arkona.
        Sagt ein Wandrer: »Mein Kind,
        Du überforderst den Wind.«
»Sowas Impertinentes! Ich wohn da.«

Neid ruft Sitte

Es lebte ein Mädchen in Vitte,
Das nahm einen Mann in die Mitte.
    Noch vor Ende der Nacht
    Ist die Mutter erwacht,
Reklamierte voll Neid gute Sitte.

In den Dünen

Ein Mädchen lag nackt in den Dünen.
Da sind Hunderte Wächter erschienen,
        Eifrig in dem Begehrn,
        Das Verbot zu erklärn.
Nur: Wo waren am Ende die Dünen?

Heimweh

Es hatte ein Mädchen in Baabe
Ihren herzliebsten Freund an der Schaabe.
        Doch am wildfremden Strand
        Brannte Heimweh im Sand.
Und da nahm sie doch einen in Baabe.

Die Schaabe und Baabe auf Rügen trennen 25 km Luftlinie

Himbeeren

Ging ein Lausbub mit Maid in die Himbeern.
Wenn alle, die gingen, so schlimm wärn
    Und, sobald sie sich bückten,
    Etwas anderes pflückten,
Dann blieben für mich viel mehr Himbeern.

Handmaß

Ein bildhübscher Schneider in Crossen
Vermurkst alle Damenhosen.
    Er misst nie mit dem Band,
    Sondern nur mit der Hand.
Trotzdem ist wegen Andrangs geschlossen.

Halbe Mühe

Den sturzblauen Maat lockt zur Frühe
Ein Weib in die Ostseebrühe.
        Mürrisch sucht er die Büchse.
        Es ist eine Nixe.
Denkt erleichtert der Maat: halbe Mühe.

Die einsame Hose

Es trifft ein betrunkner Matrose
Eine einsame Damenhose.
»Frei heraus, altes Haus,
Sag mir, wer zog dich aus?«
»Fritz der Kleine, dann Friedrich der Große.«

Der gehörnte Bauer

Es legt ein gehörnter Bauer
Unterm Ehebett sich auf die Lauer.
        Am Ende vom Streit
        Eine Ungewissheit:
Für wen trägt die Bäuerin Trauer?

Annonce

Heute findet in hiesiger Zeitung
Eine Kleinanzeige Verbreitung:
        »MTA, 1 Zi. m. Bett,
        Vermiet. Hälfte an Dr. med
Oder Med.Stud umstän.hlb. n. Scheidung.«

Sprossenleiter

War mal ein galanter Leiter,
Der liebte die Mitarbeiter-
        Innen, was er genoss.
        Doch beim siebenten Spross
Fiel er runter die Sprossenleiter.

Telegrafehler

Bestellt sich der frömmelnde Patron
Telegrafisch zwei Kutten und Natron.
Drauf die Rückantwort war:
»Mit den Mädels – geht klar.
Aber was meinte Patron mit Katron?«

Toleranz

Es suchte ein weiblicher Leiter
Ihren herzallerliebsten Begleiter
        Über die EDV.
        Heraus kam ’ne Frau.
Und da suchte sie gar nicht mehr weiter.

Über Bücher

Den Bibliophilen Heckel
Erwärmen nur Bücherdeckel.
        Eine Frau wagt den Spruch:
        »Lieb mich doch wie ein Buch!«
»Dann beginnen wir mit welchem Deckel?«

Die Komplizin

Die Oberin fragt die Novizin:
»Was zieht dich zum Bischofssitz hin?«
        Die Novizin erblasst,
        Doch dann sagt sie gefasst:
»Das wissen Sie doch, als Komplizin.«

Obermieter

Der frömmelnde Schneider Belmond
Wurde mit einem Söhnchen belohnt.
        Seht ihn tanzen und springen
        Und den Schöpfer besingen:
»Dank dem Herren, der über uns wohnt.«

Wetterfühlig

Beim Anblick der Frau meines Vetters
Füllt mit Lust sich das Maul jedes Spötters.
        Arm an Geist, reich an Leib.
        »Warum nahmst du das Weib?«
»Sicher wegen des lausigen Wetters.«

Die lächelnde Nonne

Auf den Schultern des Mönchs schaut die Nonne
Lächelnd aus der geräumigen Tonne.
        Fragt die Oberin blass:
        »Wurdst du nass in dem Fass?«
»Außen geht's«, sagt die lächelnde Nonne.

Auf offener Bühne

Als der Alt mir bei offenem Vorhang
Einen Heiratsantrag ins Ohr sang
        Und ich »Nein!« schrie in Fis,
        Sie das Ohr mir abbiss,
Da erst senkte sich endlich der Vorhang.

Das blüht am Tiber

Es war eine Dame am Tiber,
Die liebte Jelängerjelieber.
        Auf Vergissmeinnicht
        War sie niemals erpicht.
Und so blühte zum Schluss ihr der Tiber.

Im Vertrauen

Ein älteres Mädchen in Plauen
Erzählte mir mal im Vertrauen,
    Dass sie einen besaß,
    Der gern Napfkuchen aß.
Aber wie gesagt: Nur im Vertrauen.

Sängerins Nachtgedanken

Es fuhrn melancholische Lieder
Gewöhnlich in all seine Glieder
        Und verweilten in einem.
        Aber nunmehr in keinem.
Ich fürchte, dem sing ich nichts wieder.

Nachfrage

Er fragt: »Warst du damals zu prüde,
Zu frigide, vielleicht auch nur müde?«
        Sie sagt: »Weiß nicht, was war.
        Immerhin vierzig Jahr
Ist sie her, diese letzte Etüde.«

Bald alt

Zwei neunzigjährige Finnen
Erklärn ihren Liebhaberinnen:
»Heut noch 20. Doch bald
Seid ihr beiden zu alt.
Dann muss die Jugend Erfahrung gewinnen!«

Musen

Bevor meine Lichter verrußen,
Will ich beichten: Ich schlief nie mit Musen.
        Gestern sah ich mich um.
        Eine war gar nicht dumm.
Doch sie hatte verdammt wenig Busen.

Preisfrage

Ein Gast brüllt: »Das ist ungeheuer!
Blonde Haare inmitten der Eier.
        Und das für den Preis!«
        Sagt der Kellner: »Ich weiß.
Aber Färben macht's nochmal so teuer.«

Kurgedanken

Haben erst mal zu happige Bissen
Ein Normalgewicht auf dem Gewissen,
Ist der Weg schwer retour.
Trügen wir uns doch nur
Vor dem Biss mit Gewissensbissen.

Zu schade

Am FKK, wo ich sonnenbade,
Trifft mich eine weibliche Wade.
        Ich sage: »So geht das nicht!
        Warum ins Gesicht?«
»Alles andere war mir zu schade.«

Ein Schluck

In der letzten von allen Spelunken
Hab ich erst mal zehn Cognac getrunken.
        Darauf neun, acht … zwei, einen.
        Und da wollte mir scheinen,
An dem einen hab ich mich betrunken.

Nur zur Not

Es liebte ein Mann seinen Rotwein
So, als würde er ohne ihn tot sein.
War nur weißer im Schlauch,
Trank er ihn freilich auch.
Doch er schwor sich: Das darf nur zur Not sein.

Nasenfarben

In der Restauration »Zur Oase«
Kleben Nasenfarben am Glase.
        Jedem Stammtrinker droht
        Eine Nase in Rot.
Nur der Wirt kriegt ’ne goldenen Nase.

Betrunkene Finger

Ein Ober, er will nicht genannt sein,
Hat ständig zwei Finger im Branntwein,
        Die dann nach dem Serviern
        Auch die Rechnung addiern.
Und die schreiben im Suff allerhand rein.

Als Gaslaterne

Ein Zweimeterzehnmann ging gerne
Zum Fasching als Gaslaterne.
        Dieses Nostalgikum
        Sprach sich blitzschnell herum
Bei den Kötern aus Nähe und Ferne.

Der heitere Leiter

Ich kenn einen heiteren Leiter,
Der ist aus Verzweiflung so heiter.
»Wüsstet ihr, wie ich bin,
Würft ihr mir alles hin.
Und das hülf schließlich niemandem weiter.«

Der eitle Mime

»Welch Erfolg!« – rühmt sich eitel der Mime.
»Allen Leuten verschlug es die Stimme.
        Saßen still da und starr.
        Einer weinte sogar.«
»Das war ich«, spricht der Autor im Grimme.

Korrektur

War ein Solo-Trompeter im Wurzen,
Der konnte genauso gut furzen.
        Hatte er einmal Pech
        Und verspielte am Blech,
Korrigierte er hinten nach Kurzem.

Studentenstreich

Der alte Professor Gräber
Liest stockend wie Alleskleber.
        Haben ins Glas, dran er nippt,
        Heut Verdünnung gekippt.
Und da spricht er ganz frei von der Leber.

Spitzensportlerin

Die Sportlerin trifft mich im Bade
Und reicht mir zum Kuss ihre Wade.
        Was mich viel mehr betört,
        Ist zeitweilig gesperrt.
Ich versuch's nach der Olympiade.

Nachruf

Der Chefneurolog Dr. Leynen
Trug immer zwei Schuh an den Beinen.
    Zwar ein ungleiches Paar,
    Doch der Unterschied war:
Leynens Vorgänger trug stets nur einen.

Lob des Wodkas

Es bat ein alter Kaschube
Zum Wodka mich in seine Stube,
        Wo er stundenlang trank.
        »Wird man davon nicht krank?«
»Ich nicht. Das Gewürm in der Grube.«

Chruschtschows Fall

Chruschtschow ging am Tag seines Falles
Erleichtert nach Hause, weil alles,
          Was er Stalin vorrieb,
          Bei ihm unterblieb.
Und das war auch das Beste des Falles.

Ausgang

Dichter H. aus der Schönhauser
Ist ungern aushäusig. Außer
    Zum Angebot steht
    Eine Antiquität.
Dann verlässt er mal kurz die Schönhauser.

Vier Lippen

Du kannst dein Vermögen drauf tippen.
Meine Ex hat vier herrliche Lippen.
        Wie hab ich sie genossen.
        Für dich sind sie geschlossen.
Als neuer Gatte dürftst du daran nippen.

Reaktion

Ein ätzender Schlagersänger
Bemerkt: Publikum urteilt strenger.
        Darauf, übelgelaunt,
        Unverändert sein Sound,
Trägt er fortan das Haar etwas länger.

Praktikum

Die Statik-Studentin Hilde
Übt im Praktikum wie eine Wilde.
        Fügt im Bett seit drei Wochen
        Unsre Häute und Knochen
Zu einem hypermodernen Gebilde.

Reizen und Stechen

Endlich hat es die Ehefrau satt.
Ihr Gatte reizt nur noch beim Skat.
Sie beschließt, sich zu rächen.
Und weil Buben gut stechen,
Wendet sie mit so einem das Blatt.

Rohre

Ein Rohrlegermeister in Plau
Ist auf Montage. Die Frau
        Fragt mich manchmal erregt,
        Welches Rohr er verlegt.
Dabei weiß ich es auch nicht genau.

Koteletten

Der Friseur fragt den Freiherrn von Stetten:
»Mögen Sie noch immer Koteletten?«
»Hin und wieder schon mal.
Aber hab ich die Wahl,
Dann verspeise ich lieber Buletten.«

Ohne »Tr«

Eine traurige Braut in Meißen
Soll morgen schon fürchterlich heißen.
        Trulla Hosengesell.
        Und da will sie noch schnell
Der Trulla das »Tr« entreißen.

Der zerstreute Schaffner

Der Schaffner im Zug nach Warstein
Kontrolliert höchst zerstreut meinen Fahrschein.
        Hält sein Frühbrot zur Linken,
        Doch er isst nicht den Schinken,
Sondern (darf sowas wahr sein?) den Fahrschein.

Im Walde

Zwei Teenager aus Bad Sülze,
die gehen zur Früh in die Pilze.
        Pilze gibt's nicht, da machen
        Sie andere Sachen.
Neun Monate später stillt se.

Gut beraten

Ein Unterleutnant in Rathen
Beriet untergebene Soldaten:
»Will was in' Schädel nich nauf,
lassen's unten, schreiben's auf.«
Und sie taten, was ihnen geraten.

Star-Bar

Fragt ein Augenarzt seinen Kunden in Aachen:
»Was wollen wir zwei heute machen?«
    »Sie operieren den Star.
    Und dann ab in die Bar!«
»Dann sorg ich, dass Sie früher erwachen.«

Gratisdienste

Eine handfeste Hausfrau in Lychen
Hält nichts von erotischen Sprüchen.
        Lieber sofort die Sachen,
        Die Handwerker gratis machen.
Deshalb nimmt sie auch keinen aus Lychen.

Fremdgehen

Die betrogene Hausfrau in Seiffen
Zersticht ihrem Gatten die Reifen.
»Als ob mich das hemmt,
Ich *gehe* doch fremd.
Da kann ich auf Reifen pfeifen.«

Nicht erleben zu sterben

Der Großonkel sagt seinen Erben:
»Ich will nicht erleben zu sterben.«
    »Dann musst du dich besaufen.
    Wir gehn Whisky kaufen.
Den preiswerten, für den sie grad werben.«

Preiswerte Fru

Einem Fischer in Juliusruh
Entschwamm seine preiswerte Fru.
    »Hätte nichts anzuziehn«,
    Klagt sie. Wo ist der Sinn?
Nixen tragen weder Kleider noch Schuh.

Figuren

Als vom Typ »Giacometti« zwei Damen
Mich zur Nacht in die Mitte nahmen,
        Dachte ich, schade nur
        Dass eine barocke Figur
Nur die beiden zu fassen bekamen.

Ernesto Cardenal vor einer Grafik

Dem Dichter von Solentiname
Gefällt das Bildnis mit Dame.
        Noch mehr zieht es ihn hin
        Zu der Grafikerin.
»Wer zeichnet so? Wie ist ihr Name*?«

** Nuria Quevedo*

Alt im Trabbi

Altes Ehegespann möchte in Göhren
Noch immer im Trabbi verkehren.
»Mann, du lenkst. Ich erklär
dir den Straßenverkehr.«
»Ansagen kann ich von dir nicht mehr hören.«

Der Stängel

Bei der Wartburg-Schaltung der Stängel
Ist ein häufig verklemmter Bengel.
        Nachts im Bett sagt die Frau:
        »Versuch's passgenau.
Wir sind nicht im Wartburg, mein Engel!«

Beim Bier

Altmagnifizenz pflegt mal eben,
Den Studenten ihr Bier auszugeben.
        Schon beim siebenten Krug
        Ham die Studiosi genug.
Denkt er: »So könnte ich nicht leben!«

Zum Hundertsiebten

Ich fürchtete, zum Hundertsiebten
Gratulieren mir alle Geliebten.
        Zu viel Trubel im Haus.
        Ich sperrte sie aus.
Worauf die meisten Selbstmord verübten.

Die rote Lady

Erst ersann wohl die Lady von Plymouth,
Als der Lord sie erpresste, was Schlimmes.
        Doch dann sprach sie: »Gemahl,
        Du willst mein Kapital?
Nun es steht im Regal, Liebling, nimm es.«

Tiere

Eulenskrupel

Neulich sah ich den Blick von zwei Eulen
Auf dem Bildband »Die Feldmaus« verweilen.
»Allerliebst sieht sie aus«,
schwärmten sie von der Maus.
»Wenn man wüsst, was man frisst, könnt man heulen.«

Flatterhaft

Ein Falter nimmt Kurs auf die Büste
Und denkt nach, wie er aufsetzen müsste.
Voller Schwung? Oder sanft?
Landet nicht – zu verkrampft.
»Äußerst flatterhaft«, mosert die Büste.

Irrtum

Den Esel verklagten zwei Enten
Auf Zahlung von Alimenten.
        Sprach der Esel verwirrt:
        »Eine hat sich geirrt.
Wenn die Damen sich einigen könnten.«

Trauriger Fall

Für den Hennengeschmack sonnt ein Gockel
Sich zu reglos auf zu hohem Sockel.
        Jedes heiße Huhn pickt
        Nun am Sockel. Der knickt.
Unterm Sockel verendet der Gockel.

Reue

Eine Henne befahl ihrem Freier:
»Ich krähe, und du legst die Eier.« –
    »Wenn ich's nachträglich seh,
    Eine schlechte Idee«,
Sprach die Henne zum Hahn auf dem Feuer.

Übertreibung

Es stritten zwei zornige Bienchen
Um den Nektar in einem Lupinchen.
Die den Zweikampf verlor,
Schrie der Andren ins Ohr:
»Mit dir rupf ich heut abend ein Hühnchen.«

Auch Wespen

Zwei Wespen klagen: Hornissen
Saugen weg uns die leckersten Bissen.
    Sagt die erste: »Schon vergessen,
    Dass sie auch Wespen fressen?«
Sagt die zweite: »Das will ich nicht wissen!«

Blauer Honig

Eine unerfahrene Biene
Saugt den Nektar der Kulimine.
        Das Ergebnis ist das:
        Blauer Honig im Fass.
Seitdem schwört sie auf gelbe Lupine.

Der Guthai

Ein Hai hat nach mehreren Wochen
Endlich menschliche Bissen gerochen.
        Einer straff, majestätisch,
        Der andre knöchrig-diätisch.
Und der Guthai begnügt sich mit Knochen.

Von Katzen und Vögeln

Wenn die Katzen aus Fenstern segeln,
Können sie mit dem Schwanz noch was regeln.
    Wenn du denkst, dass dein Mann
    Das genauso gut kann,
Dann verwechselst du Katzen mit Vögeln.

Der Specht und die Kiefer

Zum Specht sagt die krumme Kiefer:
»Benimm dich, und bohre nicht tiefer!«
        »Sei doch froh«, sagt der Specht,
        »Ist für dich gerade recht.
Zuviel Würmer, da wirst du noch schiefer.«

Der fleißige Hahn

Einem Hühnerbauern in Flandern
Stirbt der Hahn. Er kauft einen andern.
    Schon nach kürzester Frist
    Blinzelt der auf dem Mist:
»Wer die Geier verjagt, sieht mich wandern!«

Möwen und Papageien

An der Ostsee die Möwen schreien
Viel lauter als Papageien.
        Am Äquatorkreis
        Ist's den Möwen zu heiß.
Da gewinnen die Papageien.

Die Suche

Es suchte ein stocktauber Hase
Sein Hörgerät im hohen Grase.
        Hat's dem Förster geklaut.
        Der sucht auch. Sagt dessen Braut:
»Gestern hattest du's noch auf der Nase.«

Spinne im Haarnetz

Eine Spinne verfing sich im Haarnetz
Einer älteren Dame aus Paretz.
Deren Ekel war groß.
Außer Sinnen erschoss
Sie die arglose Spinne im Haarnetz.

Gemixt

Begegnen sich Braunbär und Waschbär.
Fragt der Braune: »Wo hast du das Hasch her?«
»Das ist gar kein Hasch.
Das ist Hallimasch –
Mit Fliegenpilz. Weil's sonst zu lasch wär.«

Geblümtes Schaf

In der Wollschafherde, der grauen,
Ist ein störrisches Lamm zu beschauen.
        Das ist knallbunt geblümt.
        Blökt die Herde verstimmt:
»Was sich schwarze Schafe so trauen!«

Reflexionen

Warnung

Aus gutem Grund ist mir nicht bange
Vor den Zähnen der giftigsten Schlange.
Beißt sie mich irgendwo,
Ist sie tot sowieso.
Denn so giftig wie die bin ich lange.

Die Fliege

In ein Theoriengefüge
Verfliegt sich 'ne winzige Fliege.
        Professoren, geweckt,
        Schlagen nach dem Insekt.
Überlebt hat die winzige Fliege.

Du Rindvieh

Metaphern, du Rindvieh, in Ehren.
Aber könntest du mir mal erklären,
        Warum Esel und Stier,
        All das Schweinegetier
Soviel menschliches Wesen erklären?

Kuckuckseier

Vor Kuckucken musst du dich hüten.
Sie lassen dich ihre Eier brüten.
        Aber wenn dir gefällt,
        Was sich aus dem Ei pellt,
Warum dann noch nachträglich wüten?

Die freche Quarzuhr

Es war eine freche Quarzuhr,
Die gern mit dem Herrn in den Harz fuhr.
        Gings's ans Meer, blieb sie stehn.
        So bestieg aus Versehn
Doch der Herr einen Zug, der zum Harz fuhr.

Der gute Geschmack träumt

Der gute Geschmack inspizierte,
Was der Andenkenmarkt offerierte.
Und er träumte, er wär
Mal ein Elefant, der
Sich erlaubterweis dort amüsierte.

Geschenke

Ein Portemonnaie untern Christbaum zu legen
Ohne Piepen, das bringt keinen Segen.
    Aber eine Million lose
    In der Frühstücksbrotdose,
Die nähme ich vielleicht entgegen.

Schnapsgarderobe

Ein Open Air eröffnet zur Probe
als Neuheit die Schnapsgarderobe.
        Doch zum Schluss das Malheur:
        Alle Flaschen halbleer.
Andrerseits: Es war eine Probe.

Haarspaltereien

Der übelsten aller Gestalten,
Die pausenlos Haare spalten,
        Kommt ein Haar zu Gesicht,
        Und das spaltet sich nicht.
Da beginnt die Gestalt, es zu falten.

Armer Müller

Hat jemand den Zunamen Müller,
Ist Meier beinahe ein Knüller.
        Aufgeregt Müllers Puls
        Auch beim Zunamen Schulz.
Nur bei Müller, da stäubt sich sein Füller.

Genderfragen

In Genderfragen beginnen
Die Demagogen zu spinnen.
Einem fiel neulich ein,
Im Beruf Züchter zu sein
Von Rindern und Rinderinnen.

Neue Besen

Im »Großen Haus« sind die »Großen«
Nun allesamt ausgeschlossen.
        Schuld ist keiner gewesen
        Von den neuen Besen,
Dass aus Träumen das Unkraut geschossen.

»Großes Haus« wurde im DDR-Jargon das Haus des ZK der SED am Werderschen Markt in Berlin genannt.

Hammelsprung

Hammel springen in freier Flur
Dicht gedrängt, das ist ihre Natur.
        Was im Parlament
        Sich Hammelsprung nennt,
Ist dasselbe in doppelter Spur.

Die Mauer

Eberswalder/Ecke Bernauer
Steht im Prenzlauer Berg eine Mauer.
    Ich hab zugeschaut,
    Wie Ulbricht sie baut
Nach den Plänen von Adenauer.

Forum nach dem XX. Parteitag

Chruschtschow lässt anonym fragen:
»Wieso hast du das mitgetragen?«
        »Wer das fragt, soll sich zeigen!«
        Keine Hand. Alle schweigen.
»Das ist die Antwort. Mehr kann ich nicht sagen.«

Die Fahne

Ein Parteisekretär in Meerane
Vergrub im Garten die rote Fahne.
        Nazis, maskenbedeckt,
        Ham sein Haus angesteckt.
Und da hatte er nur noch die Fahne.

Bannstrahl

Als der Westen sich rübergeschoben,
Musste ich wegen guten Geschmacks loben
        Unsern Hund, der – nicht fein –
        Am Importgelumpe sein Bein
Zu einem kräftigen Bannstrahl gehoben.

Gesagt ist gesagt

Der Osten erlebte zur Wende
Eine Ordnung der untreuen Hände.
        Karl der Bärtige klagt:
        »Hab ich euch doch gesagt.
Studiertet ihr nicht meine Bände?«

Homer singt Shanties

Homer, der Alleinunterhalter,
Fragt sich, wie er im hohen Alter
        Durch Gesang seine Rente
        Etwas aufbessern könnte.
Doch bei »Griechischer Wein« streikt der Psalter.

»Mit Shanties verbessert Homer seine Rente« heißt die nebenstehende Grafik von Dieter Süverkrüp.

Dieter Süverkrüp

Blonde

Blondinenwitze zu tröten,
Habe ich mir schon lange verbeten.
        Bei blonden Staatenvorstehern
        Ist das anders. Da nähern
Sich die Witze den Realitäten.

Weise Entscheidung

Die Queen will partout nicht erleben,
Ihre Krone an Charles abzugeben.
        Die Entscheidung ist weise.
        Man soll keine Greise
In so hohe Verantwortung heben.

Käuze

Wenn ich mich im Tierpark schnäuze,
Dann antworten immer die Käuze.
        Kein anderes Tier
        Unterhält sich mit mir.
Einen Kauz erkennen eben nur Käuze.

Knackpunkt

Einer knorrigen Eiche in Sachsen
Wollt ein grüner Zweig nicht mehr wachsen.
    Sprach die Eiche zum Wind:
    »Nun ist Schluss, liebes Kind.
Wenn du willst, kannst du mich jetzt
    verknacksen.«

Zugabe

Corona

Spricht ein Füchslein in Oberfrohna
Kleinlaut zu seiner Fähe Ramona:
»Wollt den Igel heut fressen.
Doch das kann ich vergessen.
Eingerollt sieht der aus wie Corona.«

Die Illustrationen sind von Meike Schultchen. Die Grafikerin, Jahrgang 1972, studierte in Braunschweig an der Hochschule für Bildende Künste und lebt in Hamburg. Seit 2001 ist sie Dozentin für Illustration an der Kunstschule Buxtehude und Kunstlehrerin seit 2008 in Wilhelmsburg. Sie illustrierte Kinderbücher, war an Comics und anderen Publikationen beteiligt. 2020 gewann sie den Kurd-Laßwitz-Preis, den Literaturpreis zur deutschsprachigen Science-Fiction-Literatur, vergeben von SF-Schaffenden in Deutschland, Österreich und der Schweiz, in der Kategorie Grafik

ISBN 978-3-89793-323-1

© 2021 verlag am park in der edition ost Verlag und Agentur GmbH, Berlin
Alle Rechte der Verbreitung vorbehalten. Ohne ausdrückliche Genehmigung des Verlages ist nicht gestattet, dieses Werk oder Teile daraus auf fotomechanischem Weg zu vervielfältigen oder in Datenbanken aufzunehmen.

Satz: edition ost
Umschlaggestaltung: Unter Verwendung der Grafik von Dieter Süverkrüp »Mit Shanties verbessert Homer seine Rente«
Foto Rücktitel: Robert Allertz
Druck: Sowa Druk, Warschau

10,00 Euro

Die Bücher des verlags am park und der edition ost
werden von der Eulenspiegel Verlagsgruppe vertrieben

www.eulenspiegel.com